Die alte Burgruine bei der Pöllatschlucht

„Ich habe die Absicht, die alte Burgruine Hohenschwangau bei der Pöllatschlucht neu aufbauen zu lassen im echten Styl der alten deutschen Ritterburgen und muß Ihnen gestehen, daß ich mich sehr darauf freue, dort einst (in drei Jahren) zu hausen; mehrere Gastzimmer, von wo man eine herrliche Aussicht genießt auf den hehren Säuling, die Gebirge Tyrols und weithin in die Ebene, sollen wohnlich und anheimelnd dort eingerichtet werden. Sie kennen ihn, den angebeteten Gast, den ich dort beherbergen möchte; der Punkt ist einer der schönsten, die zu finden sind, heilig und unnahbar, ein würdiger Tempel für den göttlichen Freund.

Auch Reminiszenzen an Tannhäuser (Sängersaal mit Aussicht auf die Burg im Hintergrund) und Lohengrin (Burghof, offener Gang, Weg zur Kapelle) werden Sie dort finden: In jeder Beziehung schöner und wohnlicher wird diese Burg werden als das untere Hohenschwangau, das jährlich durch die Prosa meiner Mutter entweiht wird. Sie werden sich rächen, die entweihten Götter, und oben weilen bei uns auf steiler Höh' umweht von Himmelsluft."

Ludwig II an
Richard Wagner

Jürgen Schrader

Die alte Burgruine bei der Pöllatschlucht

Novelle über den Bau des Schlosses Neuschwanstein

Bibliografische Information der Deutschen Nationalbibliothek:
Die Deutsche Nationalbibliothek verzeichnet diese Publikation in der
Deutschen Nationalbibliografie; detaillierte bibliografische Daten sind
im Internet über dnb.dnb.de abrufbar.

© 2019 Jürgen Schrader
Satz, Umschlaggestaltung, Herstellung und Verlag:
BoD – Books on Demand, Norderstedt
ISBN 978-3-7494-0331-8

Die alte Burgruine bei der Pöllatschlucht

„… der Punkt ist einer der schönsten, die zu finden sind …"

Filigran schwingt sich der schmale Steg über die abgrundtiefe Schlucht. Man fühlt etwas ungebunden Abgehobenes. Nur der dünne Stahl unter den Füßen gibt dem Menschen das Gefühl, als schwebe er im freien Raum. Rings umgeben von steilen Felsriesen fällt der Blick hinab in die schauerlich tiefe Schlucht. Das uralte Gestein und der sich unter der Brücke ergießende Wasserfall vermitteln die Empfindung von Ewigkeit. Würde man dort hinabstürzen, wäre einem diese sicher, und Kälte kommt den einsam Wandernden an. Er fühlt sich angezogen und abgestoßen von dieser Stimmung. Sein Blick fällt auf den Felsriegel, der die Schlucht nach Norden begrenzt. Erst durch diesen wird der Eindruck erweckt, als befände man sich in einem Trichter, in dem es erbarmungslos abwärts geht.

Hier stand der Kronprinz und sah auf die Burgreste hinüber, die auf dem abschließenden Felsen der Schlucht aufragten. Schon sein Vater, König Maximilian, hatte darüber nachgedacht, dort einen Aussichtsturm errichten zu lassen. Von diesem hätte man in umgekehrter Blickrichtung auf die Brücke geschaut. Diese hatte er über die Schlucht spannen lassen, um zu seinem Jagdgebiet zu gelangen, und nach seiner Gemahlin Marie benannt.

Unweit entfernt davon liegt der Aussichtspunkt „Die Jugend". Von dort erscheint das sich bietende Panorama tatsächlich wie der Blick ins Paradies. Tiefdunkle Wälder werden überragt von majestätischen Bergriesen. Wälder und Wiesen wechseln sich ab und silbrig glänzende Seen leuchten daraus hervor, als wenn die Augen eines liegenden Riesen in den blauen Himmel sehen. Dazwischen, auf einem Bergrücken, der die Form eines Drachen hat, sitzt als dessen Kopf und Krone Schloß Hohenschwangau.

König Maximilian hatte die Reste der alten Burg Schwanstein wiederaufbauen lassen. Obwohl das Geschlecht derer von Schwangau schon seit Jahrhunderten ausgestorben war, erhielt das Schloß den alten Namen. Im Inneren begegnete der Schwan der königlichen Familie in allen Größen und in allen Materialien. Es gibt Blumenvasen in Schwanenform, und auch die Kerzen werden von Leuchtern in Form von Schwänen getragen. Von den Wänden schauen Schwäne herab, und gerade der Speisesaal ist vollkommen mit der Sage des Schwanenritters Lohengrin ausgemalt. Der kleine Ludwig stand fasziniert davor und sog diese Sage tief in sich ein, so daß sie ihm mehr als vertraut wurde und er sich in sie verliebte.

Am schönsten war es, wenn er im Sommer auf der großen Terrasse saß und sich in ein Buch vertiefte. Das Wasser des Löwenbrunnens fiel laut rauschend in die Brunnenschale, und über die Buchseiten hinweg fiel der Blick des Jünglings auf die majestätische Bergwelt und den Alpsee, der sich zu Füßen des Bergschlosses erstreckte. Es war der passende Rahmen für diesen Feensitz, den selbst einen Hans Christian Andersen verzaubert hatte, als er dort zu Besuch gewesen war.

„… Sie kennen ihn, den angebeteten Gast, den ich dort beherbergen möchte …"

Das Verhältnis des Kronprinzen zu seinem Vater war nicht gut gewesen, doch für den Bau dieses Märchenschlosses war ihm Ludwig zeitlebens sehr dankbar. Hier verbrachte er den größten Teil seines Lebens, und mußte er abwesend sein, dann sehnte er sich hierher. Und dieses geschah recht bald, denn ganz plötzlich starb sein Vater in jungen Jahren, und noch viel jünger an Jahren mußte Ludwig den Thron besteigen, kaum ein halbes Jahr nachdem hier in Hohenschwangau seine Volljährigkeit gefeiert worden war. Nun war er der König, und er zuckte zusammen, als er das erste Mal mit Majestät angesprochen wurde. Aber andererseits war es genau das, wofür er erzogen worden war, denn gerade eine Erzieherin vermittelte ihm immer wieder das Gefühl, daß er eines Tages der König sein würde, dessen Wünsche und Befehle Gesetz sein würden.

Nun war dieser Zeitpunkt gekommen, und der junge König meinte, daß es von nun an keine Einschränkungen mehr geben würde. So brachte er während einer morgendlichen Audienz des Kabinettsekretärs von Pfistermeister folgenden Wunsch vor: „Es würde mich sehr freuen, Richard Wagner empfangen zu können, weshalb ich Sie bitte, ihn aufzusuchen und einzuladen."

„Welchen Richard Wagner meinen Majestät?"

„Sie fragen mich, welchen Richard Wagner ich meine. Natürlich den einzig Würdigen dieses Namens, den Komponisten des göttlichen Lohengrin, den mein Vater mir mit sechzehn Jahren erlaubte, erstmals sehen zu dürfen. Alles, was ich bisher nur gelesen hatte oder von den Wänden Hohenschwangaus her kannte, sah ich nun lebendig auf der Bühne. Ich hörte diese himmlischen Klänge und war wie berauscht. Von nun an las ich alles, was Wagner geschrieben hatte, und habe seit diesem Tag den einzigen Wunsch, dieses Genie sehen und sprechen zu können!"

„Majestät, so ganz fremd ist mir das nicht, denn der gesamte Hof sprach von nichts anderem, und die Damen hatten sich ihnen zu Ehren mit Schwänen geschmückt. Ich werde mich umgehend damit beschäftigen, Ihren Wunsch zu erfüllen, und mich auf die Suche nach Richard Wagner machen, um ihn zu Ihnen zu geleiten."

Dieses war leichter gesagt als getan, denn der Komponist reiste ständig durch Europa auf der Flucht vor seinen Gläubigern. Eigentlich hatte er inzwischen mit dem Leben abgeschlossen, glaubte selbst nicht mehr an sein Werk und hatte bereits seinen Grabspruch verfaßt: „Hier ruht Wagner, der nichts geworden, noch nicht mals Ritter vom lumpigsten Orden."

Aber es gelang. Herr von Pfistermeister fand Wagner in Stuttgart und konnte ihn dazu bewegen, nach München zu kommen. König Ludwig war überglücklich, und Richard Wagner konnte sein Glück kaum fassen, daß von nun an seine Sorgen ein Ende haben würden.

Er bezeichnete den König als Engel und meinte außerdem, daß er leider so seelenvoll sei, daß er fürchtete, sein Leben würde in dieser gemeinen Welt wie ein Traum zerrinnen. Der König bezahlte die Schulden dieses Genies und setzte ihm ein Gehalt aus. Nie wieder würde Wagner materielle Not leiden.

„… heilig und unnahbar, ein würdiger Tempel für den göttlichen Freund …“

Und dann begann eine herrliche Zeit, obwohl diese nur anderthalb Jahre dauerte. König und Künstler waren wie berauscht und wie gefangen im Reich der Kunst. Wagner las dem König aus seinen Werken vor oder spielte daraus auf dem Piano, auch in Hohenschwangau. Dort fuhren sie vierspännig spazieren, und selbst das stolze Wesen Wagners wurde davon tief bewegt. In München wurde daran gearbeitet, „Tristan und Isolde“ auf die Bühne zu bringen, deren Uraufführung in Wien abgesetzt worden war. Die Arroganz des Komponisten war dieser nicht gerade förderlich.

Der König sah dies alles nicht oder wollte es nicht sehen. Er mußte aber erkennen, daß sein Wille allein nicht genügte, die Kritiker zum Verstummen zu bringen. Sämtliche Minister waren gegen Wagner eingestellt. Sie sahen in ihm lediglich den Revolutionär von 1848, worin ihnen die königliche Familie, einschließlich der Königinmutter, beipflichtete. Den Rausch des Königs konnten sie gar nicht verstehen. Und dennoch, die Uraufführung des Tristan wurde ein glanzvoller Erfolg, und der König war mehr als begeistert, daß er das möglich gemacht hatte. Er fühlte sich vollkommen eins mit seinem Leben, da das Schicksal ihn wohl dazu bestimmt hatte, dem Werk Wagners den Weg zu bahnen.

Dieses hatte er erreicht, und trotzdem, die Hetze gegen Wagner ging weiter, angestachelt auch dadurch, daß der Komponist sich in die Politik einmischte und in einem Zeitungsartikel gegen die königlichen Minister und die gesamte Regierung ätzte. Der Ministerpräsident mußte eingreifen, warnte den König vor einem Bürgerkrieg und stellte ihn vor eine Wahl, die einem förmlichen Ultimatum glich, denn er habe sich zu entscheiden zwischen der Liebe zu Richard Wagner oder der Liebe zu seinem Volk. Auf diese Frage konnte es natürlich keine andere Antwort geben, und so teilte er dem Meister mit, daß er ihn momentan nicht halten könne und ihn bitte, Bayern einstweilen zu verlassen.

Mehr noch als Wagner war Ludwig am Boden zerstört. Er war sich selbst untreu geworden. Ein König hatte er sein wollen, dessen Wille unbeugsam war, und nun hatte er erleben müssen, daß seine Untertanen, denn auch die Minister und die Königliche Familie waren das, ihm ihre Wünsche aufzwängten. Es war zu beschämend. Niemals würde er ihnen das vergessen und verzeihen.

Aber nicht nur, daß sie Wagner vertrieben hatten, sie hatten auch vereitelt, daß der König ein großes Opernhaus bauen ließ, zu dem eine breite Prachtstraße führen und die Isar dank einer gewaltigen Brücke überspannen würde. Man war über die Kosten entsetzt gewesen, hatte aber übersehen, wie viele Kunstinteressierte von dieser Schönheit angezogen worden wären.

„... Ich habe die Absicht, die alte Burgruine bei der Pöllat-schlucht neu aufbauen zu lassen, im echten Styl der alten deutschen Ritterburgen ...“

Was also blieb ihm anderes übrig, als sich in den Schwanengau zurückzuziehen? Wie immer würde seine Seele dort Linderung erfahren, als würde ihr dort ein Pflaster aufgelegt, als läge er wieder im Mutterleib. Wieder würde er auf der Marienbrücke stehen, die er inzwischen aus Stahl hatte erneuern lassen, und zu den Ruinen der alten Burgen hinüberschauen und davon träumen, diese in neuem Glanz erstehen zu lassen. Aber, wie er einmal geschrieben hatte, es war eine schauderliche Zeit, in der er lebte, und er mußte Dinge tun, die ihm nicht gefielen. Kaum ein halbes Jahr nachdem Wagner aus München vertrieben worden war, mußte Bayern Krieg gegen Preußen führen, das Heimatland seiner Mutter. Erstens war es schon schlimm genug, daß der König überhaupt Krieg führen mußte, und zweitens, daß Bayern verlor.

Wieder einmal hinterfragte er die eigene Stellung. Sicherlich hatte er einerseits einen absolutistischen Charakter, ebenso wie sein Großvater, der erste Ludwig. Dieser hatte abgedankt, weil ihm durch die Revolution Rechte abgetrotzt worden waren. Andererseits war der

Enkel zutiefst unsicher, so wie in vielen Menschen zwei Seelen wohnen.

Und dann starb dieser geliebte Großvater. Diesem fühlte sich der Enkel wesensverwandter als dem eigenen Vater. Dieser erste Ludwig fühlte sehr deutsch und hatte in Bayern Prachtbauten errichten lassen, die große Deutsche ehrten und den Befreiungskampf gegen Napoleon verherrlichten. München wurde durch ihn zum Isar-Athen, denn der König bewunderte die Griechische Antike und die Renaissance Italiens. An den Anfang der nach ihm benannten Prachtstraße ließ er jeweils Nachbildungen berühmter Bauten Italiens setzen, und auch ein Neubau der Königlichen Residenz stellte eine Kopie eines Bauwerks des Goldenen Florenz dar.

Der Tod des Großvaters erschütterte dessen Nachfolger gleichen Namens tief, gab ihm allerdings neue Nahrung, über den Bau der eigenen Burg nachzusinnen, denn die Apanage des Großvaters, immerhin eine beträchtliche Summe, fiel an den zweiten Ludwig zurück. Und außerdem fand im gleichen Jahr die triumphale Uraufführung Wagners „Die Meistersinger von Nürnberg" statt. Diese war der größte Erfolg, den Wagner jemals erleben würde. Und der König? Er identifizierte sich mit dem jugendlichen Liebhaber der Oper, Walter von Stolzing, dessen Worte Ludwig mit Wonne hörte: „Am stillen Herd zur Winterszeit, wenn Hof und Burg mir eingeschneit."

Genauso stellte es sich der König vor. Einst würde er in seiner Burg wohnen, als sei sie ein Kokon und er ein

Schmetterling, ein arroganter Schönling. Die monumentalen Alpen würden Wache halten, und Schnee und Eis würden eine undurchdringliche Mauer bilden, hinter der sich der König voller Genuß in ein Buch vertieft haben würde, denn dieses war ihm die liebste Beschäftigung. Wäre es nur schon soweit.

Er beauftragte also den Hofbaudirektor Eduard Riedel. Dieser hielt sich genau an die örtlichen Gegebenheiten, die in einem sehr begrenzten Felsplateau bestanden. Außerdem ragten aus diesen die Ruinen zweier Burgen in den Himmel. Die Ausmaße der neuen Burg konnten deshalb nicht besonders ausladend werden, und entsprechend klein nahm sich die gezeichnete Ritterherrlichkeit vor der gewaltigen Gebirgskulisse aus. Der König war zutiefst enttäuscht, denn wie immer wollte er kein Bild der Wahrheit sehen, sondern die Projektionsfläche seiner Träume. Also wurde das Theater bemüht beziehungsweise dessen Maler Christian Jank. Dieser ließ Ruinen und Felsen sein, was sie waren, nämlich die Realität, und hielt sich lediglich an die Phantasie. Das Ergebnis war überwältigend, eine wahre Ritterburg, zinnen-, erker- und türmereich, von Fahnen geschmückt, als erwarte sie bereits die Ankunft des Königs. Dieser war begeistert, denn genau so hatte er sie sich vorgestellt, und nicht anders durfte sie werden.

... und muß Ihnen gestehen, daß ich mich sehr darauf freue, dort einst (in drei Jahren) zu hausen ..."

Ans Werk also. Und das nicht etwa behutsam. Um Neues zu beginnen, muß manchmal das Alte zerstört werden. Und deshalb donnerten gewaltige Explosionen durch den Schwanengau. Treue Christen schlugen ein Kreuz, und mancher Bauer verkroch sich in seinem Heustadel, da er meinte, die Welt ginge unter. Gemsen zuckten zusammen, Murmeltiere schossen in ihren Bau, und Adler, die Könige der Lüfte, verdrehten die Augen und spähten umher. Der Revierförster Thoma, Vater des Dichters Ludwig Thoma, notierte, daß die Sprengarbeiten gut vorangehen würden, so daß Seine Majestät würde bauen können, was ihm vorschwebe.

Was der König geschrieben hatte, daß er wiederaufbauen wolle, erwies sich als Absurdum, denn er ließ die Ruinenreste der alten Burgen wegsprengen. Rund acht Meter Höhe fehlten dem Berg anschließend. Nur so war es möglich, ein einheitliches Terrain zu schaffen, um auf diesem ein Schloß zu errichten, wie es der König vor Augen sah.

Davon überzeugte sich der König persönlich, denn bei der Grundsteinlegung selbst würde er nicht anwesend sein. Sicherlich wurde eine Urkunde eingemauert, in der es hieß, daß der König für sich und seinen Hof ein neues Schloß bauen würde, doch vor einem offiziellen Akt, bei dem er repräsentieren müßte, schreckte er zurück. So stand er nun hier, lediglich begleitet von seinem Hofsekretär und Baudirektor. Noch war er über eine einfache Straße gefahren, doch würde diese ausgebaut werden, denn zu einem Märchenschloß gehörte auch eine entsprechende Straße.

Es war schon erstaunlich, wie sich die Anhöhe verändert hatte. Wo vorher Bäume in den Himmel ragten, zwischen denen Mauerreste zu sehen waren, hatte das Dynamit erstens diese Bäume in die Schlucht geschickt, so daß größtenteils nur noch der nackte Felsen zu sehen war, und zweitens eine annähernd ebene Fläche geschaffen. Auf dieser ließ sich bauen, obwohl es eine gefährliche Baustelle war, denn ohne Geländer oder Mauern fiel der Felsen steil ab, dem ein Mensch folgen würde, wenn er der Kante zu nahe käme. Dieses schreckte den König nicht, denn erstens war er kein ängstlicher Mensch, zweitens hatte er seit Kindesbeinen an Bergtouren unternommen, und außerdem gab es etwas Interessanteres.

Was vorher gar nicht sichtbar gewesen war, darauf machte den König gerade Baudirektor Riedel aufmerksam, denn der Felsen wies auf der westlichen Seite einen Knick auf. Das war ein entscheidendes Hindernis, denn es konnte nicht in gerader Linie gebaut werden, denn dann würde das Hauptgebäude, der Palas, in der Luft schweben. Eine Lösung dafür gab es noch nicht. Diese müßte man auf später verschieben. Erst einmal mußte die Straße ausgebaut und eine Wasserleitung angelegt werden, denn das war das Wichtigste. Nicht nur zur Versorgung der Pferde und Menschen, damit sie trinken und kochen konnten. Auch zum Anrühren des Mörtels wurde es gebraucht, denn sonst würde kein Stein auf dem anderen haften. Und davon wurden mächtig viele gebraucht. Was von diesem Kunstwerk zu sehen ist, ist lediglich seine Hülle, denn sein Kern besteht aus fast einer halben Million Ziegelsteinen. Kutsche um Kutsche brachten sie auf den Berg hinauf. Wild fluchend gestikulierten die Kutscher und schimpften auf die Pferde ein. Diese armen Geschöpfe quälten sich ab und schleppten Unmengen an Steinen und anderer Baumaterialien bis hierher, denn man darf nicht vergessen, daß sich die Baustelle in eintausend Metern Höhe befand, hundert Meter höher liegend als das Tal.

Der Bauherr schwärmte von der Vergangenheit, träumte von der Romantik und wollte diese äußerlich zum Ausdruck gebracht wissen. Gleichzeitig allerdings sollte man sich modernster Technik bedienen, denn würde man mit den Mitteln und Methoden des Mittelalters bauen, dann würde man Jahrzehnte brauchen. Und diese Spanne Zeit maß das Schicksal dem König nicht zu. Empfand er dieses in seinem Inneren, und drängte er deshalb so sehr zur Eile?

Die Dampfmaschine war vor etwa siebzig Jahren erfunden worden. Hier kam sie auf einer Baustelle erstmalig zum Einsatz. In der Horizontalen bewegte eine Lokomobile die schweren Lasten hin und her, und eine zweite hob Steine und Balken in schwindelnde Höhe. Den unvollendeten Kölner Dom kannten die Menschen jahrhundertelang mit einem Kran auf dem Chor. Dieses würde bei diesem Schloß nicht passieren, denn der hier zum Einsatz kommende Dampfkran beschleunigte die Arbeiten um ein Vielfaches. Die Baumaterialien mußten nicht per Hand bewegt werden, sondern schwebten wie durch Geisterhand gen Himmel. Aber etwas Anderes entstand durch diese Maschinen, denn ihre Sicherheit mußte überwacht und geprüft werden. Daraus entstand ein Verein. Dieses war einmalig und passierte erstmalig, würde aber in späterer Zukunft die Normalität darstellen.

„… mehrere Gastzimmer sollen wohnlich und anheimelnd dort eingerichtet werden …"

Und doch, trotz allen Träumen und Wünschen eines Menschen dreht sich die Erde weiter und nimmt keine Rücksicht auf seine Hoffnungen. Und darin besteht die Gerechtigkeit des Lebens, denn auch einem König ergeht es so. Und dieser, namens Ludwig, hatte den Triumph der Uraufführung der „Meistersinger" erleben dürfen, er hatte die Uraufführungen des „Rheingold" und der „Walküre" befohlen, obwohl Wagner das nicht wollte. Deshalb stritt er mit dem Meister, aber nun mußte er etwas Schrecklicheres erleben, denn es kam zum Krieg Preußens gegen Frankreich, und deshalb wurden die deutschen Stämme zu Hilfe gerufen. Frankreich verlor, und die Sieger zogen in Schloß Versailles ein, in das Schloß des von ihm so verehrten Ludwig XIV. Und dieses sollte er sehen, angefüllt mit preußischen Uniformen? Abscheulich! Und dann kam ein Vertrauter des Königs, Graf von Holnstein, nach Hohenschwangau und brachte eine Bitte Bismarcks mit.

„Was soll ich tun?", schrie der König. „Ich soll Wilhelm die deutsche Kaiserkrone anbieten, soll mich dadurch erniedrigen, daß ich mich unter den jetzigen König stelle! Es ist unzumutbar und eine Frechheit. Wer kam in Versailles auf diese Idee? Wie kann man es nur wagen, mich damit zu behelligen, mich darum zu bitten, obwohl diese Bitte eher einer Forderung gleicht, da man gleichzeitig droht."

Und so war es, denn Graf Holnstein setzte dem König auseinander, daß dieser Brief, den er König Wilhelm schreiben solle, politischer Klugheit entspräche, denn die deutsche Einheit würde nunmehr, nach dem Sieg Deutschlands über Frankreich, auf jeden Fall kommen. Und wenn es der König von Bayern wäre, der seinem Verwandten die Krone antragen würde, könnten dadurch Separatrechte für Bayern erreicht werden. Und so kam es. König Ludwig schrieb den berühmten Kaiserbrief, war jedoch zutiefst verletzt und fühlte sich gedemütigt. Der Preußische König wurde Deutscher Kaiser, und er, Ludwig von Bayern, was wurde er? Eine Idee von ihm war gewesen, daß die Kaiserkrone zwischen den Wittelsbachern und den Hohenzollern hin und her wandern sollte, doch dieser Vorschlag wurde abgelehnt.

Wie sollte es nun weitergehen, und was sollte er tun? In der Politik wurde er nicht mehr gebraucht, denn den politischen Kurs bestimmte von nun an der Deutsche Kaiser, gleichzeitig König von Preußen. Sollte er abdanken? Daran hatte er schon vor Jahren gedacht, als Bayern Krieg gegen Preußen geführt hatte. Aber Wagner meinte zu ihm: „Ein König glaubt an sich, oder er ist es nicht!" Und außerdem, er nannte sich König von Gottes Gnaden. Also stand ihm dieser Weg gar nicht offen. Er müßte also weiterleben wie bisher und sich verstärkt um das Kind seiner Träume kümmern, die neue Burg zu Hohenschwangau.

Seit Jahren wurde nun schon daran gebaut, aber nur sehr langsam, für den König viel zu langsam, wuchsen Gebäude aus den Grundmauern heraus. Gewaltige Stützmauern waren in die Klüfte der Pöllatschlucht gemauert worden, um diese ausladende Burg tragen zu können. Und direkt zu Beginn war der König von einem Ereignis zutiefst erschüttert worden, denn es hatte den ersten Toten gegeben. Wie furchtbar!! Dieses riß den König aus seinen Gedanken, und es geschah, was ein Novum war, denn er ließ eine Krankenversicherung einführen, den „Verein der Handwerker am königlichen Schloßbau zu Hohenschwangau", um die Bauarbeiter und deren Familien nicht ganz ohne Unterstützung zurückzulassen. Fünfzehn Tage lang erhielten sie ihren Lohn weiter. Dieses war einmalig. Sosehr der König sich seiner Stellung bewußt war, so sehr nahm er Anteil am einfachen Volk, verschenkte Geld, goldene Taschenuhren und konnte sich ganz ungezwungen mit einem Bauern oder Waldarbeiter unterhalten.

Vier Jahre hatte es gedauert, und erst jetzt war der kleinste Teil der Burg, der Torbau, fertiggestellt worden. Kurzfristig bewohnte der König die einfachen Räume. Schaute er aus den Fenstern, dann fiel sein Blick auf Gerüste und auf viele Menschen, die hier arbeiteten. Teilweise waren es an die dreihundert. Gearbeitet wurde rund um die Uhr, nachts im Schein von Öllampen, und es war laut und schmutzig. Es wurden Steine geschlagen, Hölzer gesägt, die Dampfmaschinen waren ohrenbetäubend laut, und die Arbeiter versuchten mit ihren Schreien, die Maschinen zu übertönen. An ein Versenken ins Mittelalter war nicht zu denken. So verließ der König diesen Ort recht bald schon und fast fluchtartig, denn er war einfach eine Baustelle.

„… Sängersaal mit Aussicht auf die Burg im Hintergrund, Burghof, offener Gang, Weg zur Kapelle …"

Einzelheiten der Burg wurden erst im letzten Moment entschieden, und was die Bauarbeiten oft verzögerte war, daß der König Mauern einreißen ließ, um Räume zu vergrößern. Klar aber war der Grundriß. Der orientierte sich an Lohengrin und Tannhäuser, die es vor Jahren in München als Musteraufführungen gegeben hatte. Man hielt sich genau an die Szenenanweisungen Wagners, der sich mit dem König stritt, da der Meister den ersten Darsteller des Tannhäuser für den Lohengrin verpflichtet hatte, der deshalb natürlich entsprechend alt war.

„Den will ich nicht sehen!", tobte Ludwig, „Der kann vielleicht im nächsten Jahr zur Fußwaschung kommen, der Lohengrin aber muß jung und strahlend sein!"

Der Meister war unglaublich verärgert.

Und ebenso wie im Theater, wo er sich ganz genau mit den Entwürfen der Bühnenbilder beschäftigte, war es auch hier auf der Neuen Burg. Auch sie stellte ein Bühnenbild dar, eine dreidimensionale Theaterkulisse.

Kurzzeitig hatte der König im Torbau, dem östlichsten Gebäude, gewohnt. Noch hatte er lediglich auf Geräte, Gerüste und schwitzende Männer geschaut, einst aber würde er von hier aus in den unteren und oberen Burghof sehen. Beide würden von einer steinernen Wand getrennt werden, auf der sich im oberen Schloßhof der neunzig Meter hohe Bergfried erheben würde. Links davon würde die Kemenate zu stehen kommen, die sich an das Palastgebäude anschlösse, das majestätische Hauptgebäude der Burg. Mit dem Torbau würde es durch das Ritterhaus verbunden sein. In ihm sollte sich, wie bei einem Vorbild, der Wartburg, ein offener Laubengang befinden. Er würde die Masse an Steinen auflösen. Einer der Architekten hatte die Säulen seiner Arkaden in üppig wuchernden Palmen gezeichnet. Deren verbindende Brüstungen würden in einem überaus filigranen Wurzelwerk bestehen. Doch diesen Entwurf genehmigte der König nicht, denn er sah, daß das ein Stilbruch sein würde, da diese prachtvollen Verzierungen nicht der Romanik entsprechen würden.

Im Jahr der Musteraufführungen des Lohengrin und Tannhäuser reiste König Ludwig nach Paris zur Weltausstellung. Bei dieser Gelegenheit schaute er sich das außerhalb liegende Schloß Pierrefonds an, welches zu dieser Zeit wiederaufgebaut wurde. Es handelte sich dabei um eine mittelalterliche Burg, die aber nunmehr im Stile der Romantik des 19. Jahrhunderts wiedererstand.

Gleiches war mit der Wartburg in Thüringen passiert. Diese besichtigte der König schon zwei Monate vorher, zusammen mit seinem Bruder Otto. Hinter sich ließ er sogar die Türen verschließen, damit sie von niemandem gestört werden würden. Der sie leitende Führer war überrascht, wie informiert der König war, daß er fast mehr von dem Bauwerk wußte als er selbst. Die Neue Burg zu Hohenschwangau erfuhr wichtige Impulse durch die Wartburg, denn für den König waren ja nicht nur der Ort und das Bauwerk an sich wichtig, sondern vor allem auch das Geistige, für das sie standen. Auf der Wartburg hatte die heilige Elisabeth gelebt, Tannhäuser war hier, und Luther hatte sich hierhergeflüchtet. Auch dieses war für den König wichtig, obwohl er strenger Katholik war, aber Luther soll sogar auf der mittelalterlichen Burg Schwanstein gewesen sein. Dies alles adelte diese Orte und flößte dem König einen heiligen Schauer ein, da er sich sehr von diesen esoterischen Verbindungen beeinflussen ließ.

„Vollendet das ewige Werk. Auf Berges Gipfel die Götterburg. Wie im Traum ich ihn trug, wie mein Wille ihn wies, stark und schön steht er zur Schau: hehrer, herrlicher Bau."

Aber neben dieser ständigen Beschäftigung mit der Vergangenheit kam der König seiner Aufgabe nach, sich mit allen Gesetzen und Verwaltungsnoten zu beschäftigen, die ihm seine Minister vorlegten. Er studierte und unterzeichnete sie oder brachte Änderungen an, wies sie also zurück. Und dieser Ablauf stockte nie, obwohl er sich oft im Gebirge aufhielt, so daß es passieren konnte, daß der Kabinettsekretär seinen Vortrag auf einer blühenden

Wiese hielt. Die Repräsentationsaufgaben allerdings, eigentlich das Wichtigste eines Monarchen, wurden sehr vernachlässigt, da der König es immer weniger ertragen konnte, in Gesellschaft zu sein und sich anstarren zu lassen. Ein Ovationsopfer wollte er nicht sein.

Die Jahre gingen dahin, und während ununterbrochen an der Neuen Burg gebaut wurde, wurde in Bayreuth Wirklichkeit, wovon Wagner jahrelang geträumt hatte. „Der Ring des Nibelungen" bekam ein eigenes Festspielhaus. Fast kam es zum Schluß doch nicht mehr dazu, da das Geld fehlte, weshalb der König wieder einsprang. Endlich trat der Zyklus des verfluchten Ringes ans Licht der Welt, obwohl die ersten beiden Teile bereits in München uraufgeführt worden waren. Der Deutsche Kaiser, der Militarist, fand es abscheulich, aber Ludwig von Bayern war begeistert. Er war begeistert und wie gebannt von der Musik, von den Bühnenbildern und der Technik, durch die diese Romantik auf die Bühne gebracht werden konnte, und überglücklich. Er hatte dieses möglich gemacht, allen Widerständen zum Trotz.

In tiefer Nacht war er angereist. Der Hofzug hielt vor der Stadt an einem einsamen Bahnwärterhäuschen. Vor Jahrzehnten hatte der Dichter Jean Paul hier gewohnt. Direkt am Gleis wartete bereits eine Kutsche und daneben der Zaubermeister, Richard Wagner. In gebückter Haltung stand er vor dem königlichen Freund. Die beiden Männer reichten sich die Hände und sprachen kein Wort. Seit acht Jahren hatten sie sich nicht mehr gesehen und waren tief bewegt. Die Pferde zogen an, und in rascher

Fahrt ging es zur Eremitage, einem Schloß außerhalb Bayreuths inmitten eines herrlichen Parks. Hier wandelte der König oft in den nächsten Tagen in nächtlicher Einsamkeit. Stets kam er dann von einer Generalprobe und war fasziniert. Stundenlang spazierte er durch den Park, summte leise Musikfetzen, deklamierte Textstellen und sah manche Szenen noch immer vor sich.

An einem dieser Abende war auch der Meister erschienen. Beide Männer gingen hin und her durch den stillen, aber durch Fackeln erleuchteten Park. Kein anderer Spaziergänger war anwesend und alle Tore fest verschlossen. Ein seltsames Bild stellten die beiden Männer dar: der eine klein und untersetzt, der andere groß und stark gebaut. Doch was sie band war nicht in ihren Körpern zu sehen, sondern in ihren Gesichtern und Augen, denn diese strahlten in überirdischem Feuer und feierlichem Ernst. Es war ein stilles Einverständnis der Gedanken. Sich eines Sinnes zu wissen, bedurfte nicht vieler Worte.

Aber plötzlich tauchte in der Dunkelheit ein heller Punkt auf, der immer näher kam. Ein kleines Mädchen war es im weißen Kleid. Es trug rote Rosen auf dem Arm, war nicht ängstlich, sondern knickste vor den beiden Männern, überreichte ihnen die Rosen und war im selben Moment verschwunden.

Die beiden Spaziergänger waren darüber in keinster Weise erstaunt. Ihnen, die so oft eingesponnen waren in Träumen und Gedanken, erschien das ganz normal. Vielleicht war es ein Gruß des Genies, der beiden sichtbar wurde. Nun öffnete der König den Mund und stellte fest: „Wenn wir beide längst nicht mehr sind, wird unser Werk kommenden Generationen doch als Vorbild dienen, und die Herzen werden erglühen für die Kunst, die von Gott stammt und ewig ist."

Nach diesem Erlebnis kehrte er sofort nach Hohenschwangau zurück. Wie hätte er nach München fahren können, in die laute Stadt, aus der der Meister vertrieben worden war? Der König suchte die Einsamkeit der Berge mit der Schönheit ihrer Natur. Hier konnte er sich die Walküren vorstellen, wie sie auf feurigen Rössern über schwindelerregend hohe Gipfel sprengten, die Nibelungen, wie sie in schaurig dunklen Felsklüften nach Gold gruben, und Wotan, der erhaben auf einer Felszinne stand und auf die vollendete Götterburg wies.

„… von wo man eine herrliche Aussicht genießt auf den hehren Säuling, die Gebirge Tyrols und weithin in die Ebene …"

Noch aber war das nicht möglich. An den Meister hatte der König geschrieben, daß er daran denke, in drei Jahren dort zu hausen, doch diese Zeit hatte sich inzwischen mehr als verdoppelt. Seit sieben Jahren wurde unermüdlich an dieser Wunderburg gebaut, nachts oft im Scheine des Mondes, doch noch immer war nicht daran zu denken, dort wohnen zu können. Ihre Mauern wuchsen viel langsamer in die Höhe, als sich der König das vorgestellt hatte. Zwar war der Torbau fertiggestellt worden, aber an ihn schloß sich lediglich ein riesiges Baugerüst an, das

das gesamte Felsplateau bedeckte. Allein dafür wurden zweitausend Kubikmeter Holz benötigt. Die Bauern hatten sich gefreut, denn in ihren Wäldern war unaufhörlich das Sägen und Schlagen der Beile zu hören gewesen, um die benötigte Menge Holz herbeischaffen zu können. Allgemein schuf der König durch den Bau seiner Schlösser – inzwischen baute er ja auch noch an zwei anderen – Arbeitsplätze. Schon sein Vater hatte das durch den Wiederaufbau der Burg Schwanstein getan. Der Sohn jedoch überflügelte ihn um ein Vielfaches, weshalb ihn das einfache Volk der Berge liebte. Man nahte sich ihm ehrfürchtig. Sicherlich war der König leutselig, und doch ging von ihm eine majestätisch unnahbare Aura aus, insbesondere dann, wenn er in goldener Kutsche oder im prunkvollen Schlitten die Täler durcheilte, denn seine Majestät liebte es, schnell zu fahren.

Den Bau der Neuen Burg überwachte er per Fernrohr vom väterlichen Schloß oder von der Marienbrücke aus, auf der er sehr oft stand und statt der Gerüste die Götterburg, sein Walhall sah. Immer wieder trat er aber auch mitten unter die Bauarbeiter und überzeugte sich an Ort und Stelle von den Fortschritten. Von der Alten Burg aus spazierte er gerne zum Schwansee, den der Vater gekauft und mit den ihn umgebenden Ufern zu einem Park gemacht hatte. An dessen Rand befand sich ein Steinbruch mit Namen Alter Schrofen. Hier wurden die Kalkplatten gebrochen, mit denen die Neue Burg verkleidet wurde. Glänzend weiß würde sie werden und sich den sie umgebenden Felsen anpassen, so daß der Anschein erweckt werden würde, sie wüchse aus ihnen heraus wie ein Adlerhorst auf steilem Felsen. Ein Horst für einen Adler der Berge, wie der König von Kaiserin Elisabeth genannt wurde.

Ein Adler schwebt über alles und jeden hinweg, unter ihm auf der Erde ist die Fortbewegung allerdings viel schwieriger, und so verhielt es sich auch mit den Baumaterialien. Die Eisenbahn reichte nur bis Bißenhofen, so daß täglich Kolonnen an Kutschen unterwegs waren, weshalb der König auch bei den Fuhrleuten hoch angesehen war, ebenso wie bei den Kunsthandwerkern und Künstlern in München. Die Aufträge des Königs füllten ihre Bücher und beschäftigte sie auf Jahre. Einer davon lautete folgendermaßen: „Es ist mein Wunsch, auf der Neuen Burg einen Schrank zu besitzen, wie ich ihn auf der Wartburg sah. Er soll diesem vollkommen gleichen, allerdings auf der Front andere Gemälde zeigen, als dieses bei dem Vorbild der Fall ist."

Und so war es oft: Der König wußte genau, was er wollte und wie er es sich vorstellte. Die Künstler fertigten danach Zeichnungen an, die sie dem König vorlegten. Entweder war der König damit einverstanden, oder er gab seine Änderungswünsche ganz genau an. So wurde ihm empfohlen, den Maler Welter zu Rate zu ziehen, damit das obere Schwanstein stilrein würde. Darüber war Ludwig sehr erstaunt, weshalb er seine Gedanken durch den Hofsekretär übermitteln ließ: „Seine Majestät dankt sehr für das Anerbieten, das ihm gestellt wird, allerdings läßt ihm seine Majestät sagen, daß sehr gute Architekten, Künstler und Handwerker zur Verfügung stehen, um auf das Angebot nicht zurückkommen zu müssen. Und außerdem befinde man sich im 19. Jahrhundert, dem Mittelalter also schon seit Jahrhunderten entrückt, weshalb es sich von selbst versteht, daß nicht auf technische Neuerungen verzichtet werde, die bereits im Mittelalter genutzt worden wären, wenn es sie gegeben hätte."

„... Auch Reminiszenzen an Tannhäuser und Lohengrin werden Sie dort finden ..."

Dieses war bestimmt, aber höflich, denn der König konnte es sich erlauben und dachte laut und weniger höflich: „Wie kommt er dazu, mir etwas unerbeten aufzudrängen, und kann es wagen? Ich selber bin belesen genug, mein eigener Architekt sein zu können, da ich genau weiß, wie etwas aussehen soll." Sein Vater hatte einmal geäußert, daß er liebend gerne Professor geworden wäre, wenn er kein König wäre. Das konnte der Sohn überhaupt nicht verstehen, obwohl er ein genialer Architekt geworden wäre.

Allerdings hatte er immer wieder andere Wünsche, ließ fertige Mauern abbrechen und Räume vergrößern. Manchmal stellte das Georg Dollmann, inzwischen hatte ihn der König geadelt, vor schier unlösbare Probleme. Es wurden unzählige Skizzen und Aufrisse angefertigt. Nichts wurde gebaut, was im Entwurf nicht durch des Königs Hand und von diesem genehmigt worden war. Und was die Stilreinheit betraf, natürlich wollte diese auch der König. Die Architektur der Burg sollte der der

Romanik entsprechen, nur das Schlafzimmer würde gotisch werden.

Die ersten Entwürfe waren aus den Bühnenbildern zu Tannhäuser und Lohengrin entstanden, denn das sollte sie werden, die Burg des Schwanenritters, der Sohn des Gralskönigs Parsifal. Dessen Sage war dem König seit Kindertagen aus der Alten Burg vertraut, und im Schwanengau wird der Spaziergänger ständig von Schwänen begleitet.

Inzwischen war die Burg den Gerüsten entwachsen und leuchtete glänzend weiß über diese hinweg. Elf Jahre nach der Grundsteinlegung wurde der Rohbau des Hauptgebäudes, der Palas, fertig, so daß Richtfest gefeiert werden konnte. Leider war dieses mit einem Wermutstropfen verbunden, denn bei der Aufrichtung des Dachstuhls hatte es zwei Tote gegeben. An zwei aufeinanderfolgenden Tagen rutschte jeweils einer der Zimmerleute auf einem Balken aus und stürzte mehr als einhundert Meter in die abgrundtiefe Schlucht, wo sie den Tod fanden. Der König war zutiefst erschüttert, und wenn er sich auch sagen mußte, daß ihn keine Schuld traf, so starben diese Männer doch durch den Bau seiner Burg. Er ließ den Familien Geld überreichen und betete für die armen Seelen der Verstorbenen.

Nach diesen ganzen Jahren war die Burg in der Vorstellung Ludwigs von der Burg Lohengrins zu jener Parzivals geworden: heilig und unnahbar. Grund dafür war auch, daß Wagner in Bayreuth an der Uraufführung seines

Bühnenweihfestspiels „Parsifal" arbeitete. Natürlich war dem König auch diese Sage wohl bekannt, und er kannte sie nicht nur in der Form Wolfram von Eschenbachs, sondern durch den gesamten Sagenkreis, denn auch König Artus gehörte dazu.

Die oberste Etage dieser Neuen Burg nahm den prächtigen Sängersaal auf. Er war eine Nachbildung des Festsaals der Wartburg. Während jener dort Heiligendarstellungen zeigte, wurde der Sängersaal hier mit der Parzivalsage ausgeschmückt. Er war ein begehbares Bilderbuch, ein dreidimensionales Bühnenbild, „... Sängersaal mit Blick auf die Burg im Hintergrund ...". Hier verschmolzen beide zu einer Einheit: Tannhäuser und Parzival. Immer also ging es um Sünde, Schuld und Vergebung. So wurde im Sängersaal eine Laube eingebaut, die sich auf der Wartburg in einem ganz anderen Raum befand. Und auch anders als dort wurde diese hier mit Klingsors Zaubergarten ausgemalt. In Wagners Oper sind es Blumenmädchen, die versuchen, den reinen Toren Parsifal zu verführen. Und genau daneben, über einer Tür, ließ der König den einzigen Hinweis auf ihn selbst anbringen. „Ludwig, König von Bayern, Pfalzgraf bei Rhein, Herzog von Bayern, Franken und Schwaben."

Der König durchquerte die Vorhalle, öffnete eine Tür und stand auf der Empore des Thronsaals. Der Unvorbereitete würde sich von dem Anblick wie erschlagen fühlen, denn damit hatte er nicht gerechnet. Nachdem er gerade in einem vollkommen holzvertäfelten Saal gestanden hatte, fand er sich nunmehr in einem über zwei Stockwerke reichenden dreizehn Meter hohen Saal aus Marmor, Granit, Gold, Edelsteinen und Mosaiken wieder, der von einer Kuppel gekrönt wurde. Diese war blau und mit goldenen Sternen bemalt worden, in der ein achtzehn Zentner schwerer Leuchter hing, der die Form einer Krone hatte.

Dieser Saal bereitete Georg von Dollmann die größten Sorgen, denn der König wünschte diesen Raum in immer umfangreicheren Ausmaßen, was den Architekten vor statische Probleme stellte. Es erregte also nicht wenig Aufsehen im Dorfe Hohenschwangau, als sich die Kutschen, die mit Stahlträgern beladen waren, auf den Weg hinauf auf den Berg machten, denn einzig dieser Stahl würde den Boden des Thronsaals tragen können. Die Burg sollte aussehen, als würde sie aus dem Mittelalter stammen, doch war dieses nur dadurch möglich, daß der modernste Baustoff des 19. Jahrhunderts eingesetzt wurde, eben Stahl. Mehr als vierhundert Tonnen Marmor wurden verbaut, und eine Vielzahl davon im Thronsaal. Auch die gewaltige Kuppel war nicht gemauert worden, sondern bestand aus einer halben Stahlkugel, und selbst die filigranen Säulen, die anscheinend mühelos die Empore trugen, hatten einen Eisenkern.

Der König ging herum, schaute sich alles an, und würde er begleitet werden, dann würde ihm dieser Jemand vielleicht sagen, daß dieser üppig ausgestattete Raum ohne jegliche Aufgabe eine immense Geldverschwendung sei. Der König jedoch würde erwidern: „Meinen Sie? Das sehe ich ganz anders. Er hat sogar zwei Aufgaben. Die eine besteht darin, daß der Saal ein Symbol für das Königtum darstellt, weshalb er gar nicht prächtig genug ausgestattet werden konnte. Es entstammt Gottes Gnaden. Daher sehen Sie dort in dem Apsisrund unseren Herrn, Jesus Christus. Ihm zu Füßen wird der Thron aus Gold und Elfenstein stehen, und deshalb wird in der Kuppel ein mächtiger Leuchter hängen, der einerseits die Form einer Krone hat und andererseits die Stadtmauer Jerusalems darstellt.

Außerdem soll der Saal die geheiligte Burg Montsalvat symbolisieren, in der der Gral aufgehoben wurde, jene Schale, aus der der Heiland beim letzten Abendmahl getrunken hat, in der sein heiliges Blut aufgefangen worden ist. Als Vorbilder dienten die Allerheiligenhofkirche in München, die Hagia Sophia Konstantinopels und Bühnenbilder zu ‚Parsifal‘ des Meisters."

Der König hatte diesen Monolog gehalten und war in Gedanken in Bayreuth gewesen, in dem Jahr, in dem die Uraufführung des „Parsifal" über die Bühne gegangen war. Er, Ludwig von Bayern, war nicht dabei gewesen. Sosehr der Meister auch gebettelt hatte, der königliche Freund konnte sich nicht dazu durchringen, in das preußische Bayreuth zu fahren. Warum mußte das Festspielhaus gerade dort gebaut werden, obwohl sich der König sagen mußte, daß die Markgräfin Wilhelmine, die Schwester Friedrich des Großen, überaus kunstsinnig war?

Richard Wagner war zutiefst enttäuscht und schrieb dem Freund, daß es das Letzte sei, was er ihm schenken könne, denn eine weitere Oper würde es wohl nicht mehr geben, und gerade auf den „Parsifal" habe sich der König doch schon so lange gefreut und darauf gewartet. Aber es half alles nichts, der König ließ sich nicht umstimmen, blieb in Hohenschwangau und saß über den Plänen des Thronsaals, zu seinem Montsalvat, schaute dort hinauf und sah den runden Turm, der sich spitz wie ein Pfeil sechzig Meter hoch in den Himmel bohrte. Er erweckte den Anschein, als würde er ein Minarett darstellen. Diese Verbindung zu einer Moschee und zu Arabien war interessant. Lag die Gralsburg vielleicht dort? Denn der Stil des Thronsaales war byzantinisch. Dort, in Byzanz, war einst die Hagia Sophia gebaut worden, ehemals die größte Kirche der Welt. War sie vielleicht Montsalvat?

„… in jeder Beziehung schöner und wohnlicher wird diese Burg werden als das untere Hohenschwangau, das jährlich durch die Prosa meiner Mutter entweiht wird …"

Die ersten Ideen des Königs hatte er den Hofsekretär so formulieren lassen: „Es soll eine Burg werden, deren Räume ausschließlich mit Eichen- und Lärchenholz vertäfelt werden sollen. Gemälde sollen sie nicht enthalten." Doch nicht nur die Räume wurden immer größer dimensioniert, auch deren Ausstattung wurde immer aufwendiger. Statt Holz wollte der König nun doch Gemälde sehen. Und da es erst die Burg Lohengrins und Tannhäusers war und sich dann zu Parzivals Burg wandelte, erhielt die Wohnung des Königs Darstellungen der ihm so vertrauten Sagen und nicht der Opern Wagners.

Daher auch war der Sängersaal dem Helden Parzival gewidmet und nicht Parsifal, wie in Wagners Oper. Es wurden prächtige Gemächer, deren Schönheit mit jener der sie umgebenden Natur wetteiferte.

Diese Neue Burg sollte das Mittelalter verherrlichen, doch solch eine Pracht kannte dieses nicht. Aber nicht nur das Kunsthandwerk übertraf die weit zurückliegende Vergangenheit, sondern auch die technischen Finessen des 19. Jahrhunderts. Der König hatte erklären lassen, daß man diese genutzt hätte, wenn sie bekannt gewesen wären. Und so kam er auf etwas zurück, was schon die Römer gekannt hatten, und ließ es einbauen, denn in allen Toiletten gab es Wasserspülung. Am Waschtisch im Schlafzimmer entströmte das Wasser einem Hahn, der die Form eines Schwanes hatte. Auch wollte seine Majestät nicht mehr mit einer Glocke nach den Lakaien läuten müssen, sondern lediglich auf einen Knopf drücken, weshalb eine solche Anlage eingebaut wurde. Technik faszinierte den König immer, nur mußte sie sehr ästhetisch eingesetzt werden.

Inzwischen war er ziemlich vereinsamt und wollte möglichst ohne Dienerschaft essen können. Hier oben mußte er allerdings servieren lassen, denn wegen den baulichen Gegebenheiten gab es kein Tischlein-deck-dich. Das Fehlen dieses Zaubermöbels wurde jedoch durch einen Speiseaufzug ersetzt, der es den Lakaien ermöglichte, entspannt zu servieren, ohne abgehetzt an der Tafel des Königs erscheinen zu müssen.

Die Küche lag vier Stockwerke tiefer, und auch diese

war mit den modernsten Errungenschaften ausgestattet worden. Es gab zum Beispiel zwei Grillöfen, die sich durch die eigene Hitze automatisch drehten, und sogar einen Tellerwärmer. Für die Köche war es viel angenehmer als im alten Schloß Hohenschwangau, wo die Speisen, unter Hauben geschützt, über den Schloßhof getragen wurden. Heiß waren sie oftmals nicht mehr, wenn sie den Tisch des Königs erreichten. Das würde hier nicht passieren.

Beide Schlösser waren sogar per Telefon miteinander verbunden, und natürlich wurde die Neue Burg durch eine Zentralheizung beheizt. Sie war also tatsächlich viel wohnlicher als das untere Hohenschwangau, wie der König schrieb. Dieses erkaufte er durch sehr viel Geld und stellte an alle Künstler und Handwerker die höchsten Ansprüche. Immer wieder drängelte er und erteilte Zeitvorgaben. Auch den Malern erging es nicht besser, so daß sie oft nachts und bei Kerzenschein arbeiten mußten. Zweien von ihnen erging es dabei ganz übel, denn Wilhelm Hauschild malte gerade an dem letzten Bild des Siegfried-Zyklus, als er von einem Gerüst fiel, sich die Schulter brach und sich eine Gehirnerschütterung zuzog.

Seinem Kollegen Joseph Aigner setzte der Zeitdruck derartig zu – er war mit den Tannhäuser-Bildern im Arbeitszimmer beschäftigt –, daß er krank wurde. Als ihm erzählt wurde, daß ein Kollege die Fertigstellung der Bilder übernommen hatte, verlor er den Verstand. So jedenfalls wurde behauptet.

Den König betrübte das sehr. Es täte ihm sehr leid,

schrieb er seinem Hofsekretär, aber was solle er machen? „Kann sich denn kein Mensch vorstellen, wie sehr ich mich darauf freue, die Vollendung meiner Burg zu erleben, um darin wohnen zu können? Ist es denn nicht zu verständlich, daß ich derart zur Eile dränge? Oft genug kam es doch vor, daß berühmte Bauherren die Fertigstellung ihrer Schöpfungen nicht mehr erlebten. Mir soll es nicht ebenso ergehen, und außerdem, ich möchte die Räume meiner Mutter zeigen, und deshalb sollen sie möglichst komplett ausgestattet sein."

Und so war es, die Königinmutter feierte ihren sechzigsten Geburtstag, und aus diesem Anlaß schenkte ihr ihr Sohn einen Besuch der Dauerbaustelle. Dieses war um so erstaunlicher, da sich Mutter und Sohn entfremdet hatten. Sicherlich standen sich beide nahe, als der König noch ein Kind war, denn er liebte es, Märchen von ihr vorgelesen zu bekommen. Je älter er aber wurde und merkte, daß sich die Mutter nicht für Literatur interessierte und nicht verstehen konnte, daß man gerne stundenlang lesen würde, je größer wurde ihr Abstand zueinander.

Im Theater schaute sie lieber ins Publikum als auf die Bühne, und einem Buch zog sie das Kaffeekochen für ihre Hofdamen oder das Spinnen mit ihnen vor.

Gerade nach dem verlorenen Krieg gegen Preußen, sie war eine preußische Prinzessin, äußerte sich der König sehr abfällig und unschön über seine Mutter. Auch gefiel ihm überhaupt nicht, daß sie, die Protestantin, zum katholischen Glauben konvertierte, denn sie wollte im

Jenseits mit ihrem Gatten vereint sein. Das glaubte er nicht. Sollte man im Jenseits den richtigen Glauben haben müssen? Und außerdem empfand er das als Verrat an der Religion.

Aber trotz all dem. Der König hatte seine Mutter eingeladen, ihr das neue Hohenschwangau zu zeigen. Sie hatte ihren sechzigsten Geburtstag gefeiert, und eines seiner Geschenke war dieser Besuch. Die Kutsche hielt am Torbau, wohin der König geeilt war, um seine Mutter zu begrüßen. Sie entstieg dem Wagen, und der Sohn küßte ehrfürchtig ihre Hand.

„Es freut mich sehr, liebe Mama, Sie hier auf Neuhohenschwangau begrüßen zu dürfen und es Ihnen zeigen zu können. Leider ist es noch sehr unfertig, und Sie werden sich keinen rechten Eindruck verschaffen können."

„... *Sie werden sich rächen, die entweihten Götter, und oben weilen bei uns auf steiler Höh', umweht von Himmelsluft* ..."

Und so war es. Von dem Mittelpunkt der Burg, dem mächtigen Bergfried im oberen Burghof, war noch nichts zu sehen. Im Mittelalter rettete sich im Falle eines Angriffs die gesamte Burgbesatzung in ihn hinein. Doch hätte der Turm den König vor seinem Schicksal bewahren können? Dazu war kein Stein in der Lage. Mehr als die Grundmauern waren von dem Turm noch nicht zu sehen. Im Erdgeschoß hätte er die Kirche aufnehmen sollen, er hätte also gleichzeitig als gewaltiger Kirchturm dienen sollen. Dieses wäre bei einer Burg, die sich mittlerweile zur Götterburg Montsalvat gewandelt hatte, nur allzu richtig gewesen. Außerdem dachte der König dabei auch an Lohengrin, an den Streit Elsas und Ortruds vor der Kirche und an den Streit der beiden Königinnen vor dem Wormser Dom aus der Nibelungensage. Die Burg war also tatsächlich steingewordene Literaturgeschichte.

Auch von zwei anderen Projekten war noch nichts zu sehen. Beide großen Räume sollten doppelstöckig werden. Es handelte sich dabei um einen Maurischen Saal und um ein Ritterbad. Letzteres hatte ein Vorbild auf der Wartburg und selbst im väterlichen Hohenschwangau, wo es ebenfalls ein solches Bad gibt, allerdings in viel kleinerem Maßstab.

Fieberhaft war an diesem Neuhohenschwangau gebaut worden. Inzwischen hatte Julius Hofmann die Gesamtleitung übernommen, denn Georg von Dollmann war in Ungnade gefallen, aber auch er konnte keine Wunder bewirken. Noch immer ragten an der Stelle Gerüste in die Felsen der Pöllatschlucht hinab, an der sich die Grundmauern an die Felsen klammern würden, um die Kemenate tragen zu können. Also fehlte auch dieses Gebäude, ebenso wie der riesige Leuchter und der Thron im Thronsaal.

An die Stirnseite des Palas waren die Gottesmutter Maria und der heilige Georg mit dem Drachen gemalt worden. Bekrönt wurde er von einem bronzenen Löwen und einem Ritter. Der Torbau wies einen steinernen Hund auf, der ewig Wache halten sollte, und die Konsolsteine des großen Palassöllers auf der Westseite wurden von Fratzen geschmückt wie an mittelalterlichen Kirchen. Dort sollten sie den Teufel in die Flucht schlagen, hier die Feinde des Königs. Aber es half alles nichts, das Schicksal schlug unbarmherzig zu. Und das bestand nicht etwa in der Tatsache, daß im letzten Baujahr ein Teil der Fundamente am Torbau in die Tiefe stürzte. Umgehend wurden sie erneuert und verstärkt. Die Pöllatschlucht war an dieser Stelle etwas breiter geworden.

Auch die Kluft zwischen dem König und seinen Gegnern hatte sich erweitert. Es gibt nichts auf der Welt, dem einhellig Zustimmung gezollt wird. Jede Idee findet einen Kritiker, und jeder Erfolg erweckt einen Widersacher. Dem König erging es während seiner ganzen Regentschaft ebenso, denn er wollte kein typischer Regent sein, dessen Macht sich vor allem auf das Militär stützte. Sein Reich war das der Kunst, in dem ihm nicht viele folgen konnten oder wollten. Seinen Ministern wurde er immer unsichtbarer. Ihr Kontakt wurde lediglich durch Briefe aufrechterhalten. Und auch die eigene Familie sah ihn nur selten, obwohl die Alte Burg zur Weihnachtszeit einem Geschenkparadies glich, da der König an sie und die Lakaien dachte. Trotzdem wurde er auch der Familie immer fremder, und sie lehnte seine Neigungen ab. Wozu baute er diese Burg? Was wollte er mit ihr, er, der immer allein war? Ihre Baukosten hatten sich inzwischen vervielfacht, und ein Ende war noch nicht absehbar.
Der König ahnte wohl, daß man etwas gegen ihn im

Schilde führte, daß sich etwas zusammenbraute, aber er konnte sich nicht vorstellen, wie sie es erreichen wollten. Aber es gelang ihnen, wenn auch auf eine hinterlistige Art. Die Königliche Familie kam zusammen und beratschlagte hinter geschlossenen Türen. Der König war nicht dazu zu bewegen, zu sparen und von dieser Burg zu lassen. Jeglichen Ratschlägen gegenüber blieb er taub. Das Bauen sei seine Hauptlebensfreude, sagte er, und daß er sich töten würde, wenn das Entsetzliche eintrete, denn die ersten Baufirmen hatten inzwischen damit gedroht, Forderungen einzuklagen. Rechnungen waren nicht bezahlt worden, weshalb sogar die Neue Burg hätte gepfändet werden können.

Die Verfassung sah vor, daß die Prinzregentschaft einzutreten habe, wenn der König länger als ein Jahr an der Ausübung der Regentschaft verhindert sei. Es gab also nur eine Möglichkeit: Der König mußte geistig umnachtet sein. Also wurde ein entsprechendes Gutachten erstellt, und eine Kommission machte sich auf den Weg, dem Monarchen dieses mitzuteilen. Aber noch wußte er das zu vereiteln, ließ sie im Torbau der Neuen Burg einsperren und gab tyrannische Befehle. Doch war das nur ein Aufschub gewesen, denn eine zweite Kommission erreichte ihr Ziel. Ausgerechnet im Schlafzimmer, ausgemalt mit „Tristan und Isolde", deren Liebe nur der Tod vereint, wurde ihm mitgeteilt, daß sein Onkel die Regentschaft übernommen habe. Das hatte er nicht erleben wollen, und die Schwärze seines Hasses war undurchdringlich. Kaum einen Tag später war er tot. Die Rachegötter hatten den Menschen dieses Wunder entzogen, denn den Bergbewohnern erschien er als ein solches, und doch hatten sie es nicht vermocht, ihn zu beschützen. Auch die stolze Burg nicht, deren Mauern der König im Regen verlassen hatte, als würde der Himmel Trauer tragen.

Was sollte nun aus ihr werden? Nach kurzer Zeit wurden die Tore für Neugierige geöffnet, deren Zahl immer größer wurde. Das hätte den König mit Abscheu erfüllt, denn das hätte er nicht gewollt, da eh niemand seinen Höhenflügen würde folgen können.

Zwei Gebäudeteile wurden in vereinfachter Form errichtet, Angefangenes zu Ende gebracht und der Name der Burg in Neuschwanstein geändert, während die Alte Burg von jetzt an Hohenschwangau hieß. Ganze Etagen aber blieben unausgebaut, und auch den Garten auf der Westseite gab es nur auf dem Papier. In ihm hätte sich der König ergangen, in einem Buch lesend, auf seine geliebten Berge schauend, und fast unhörbar gesprochen: „Geht leise, denn ihr geht auf meinen Träumen."